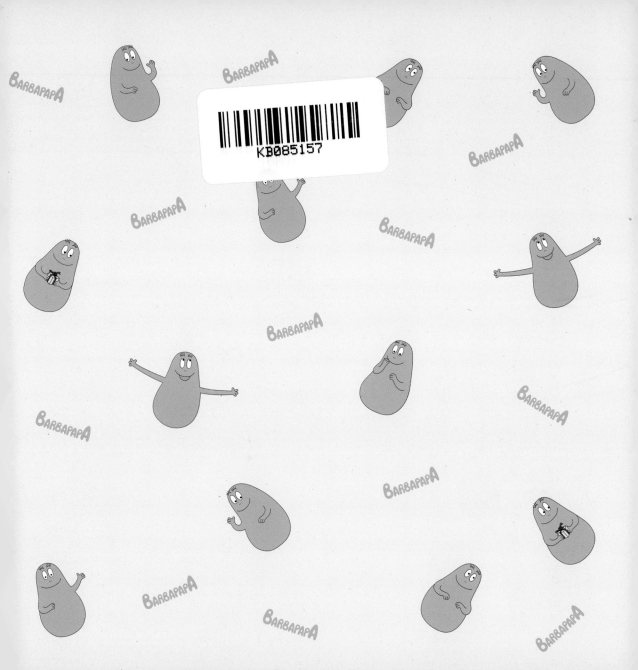

I ♥ BARBAPAPA

아이 러브 바바파파

arte POP X BARBAPAPA

KI신서 7349

I 🖤 BARBAPAPA

아이 러브 바바파파

1판 1쇄 인쇄 2018년 5월 8일
1판 1쇄 발행 2018년 5월 28일

펴낸이 김영곤
펴낸곳 (주)북이십일 아르테팝

이사 이유남
본부장 신정숙
기획개발 이장건
영업 김창훈 오하나 이경학
마케팅 변유경 한아름 김미정 백윤진 김은솔 김정은
디자인 김수아

출판등록 2000년 5월 6일 제406-2003-061호
주소 (우 10881) 경기도 파주시 회동길 201(문발동)
대표전화 031-955-2100 팩스 031-955-2177
홈페이지 www.book21.com

ISBN 978-89-509-7396-4(03800)

I ♥ BARBAPAPA

아이 러브 바바파파

arte POP X BARBAPAPA

welcome to BARBAPAPA world

바바파파 탄생 배경

프랑스에서 태어난 건축가 안네뜨 티존과 미국의 과학자 탈루스 테일러는 파리의 한 카페에서 만나게 됩니다.

그들은 서로의 말을 이해할 수 없었기 때문에 그림을 그려서 의사소통을 했는데

그 그림이 바로 바바파파입니다.

바바파파는 솜사탕 아빠의 Barba a papa에서 유래된 이름이에요.

그들은 바바파파를 그리면서 이야기를 나누며 사랑을 싹 틔웠고 결국 결혼까지 하게 되었습니다.

그리고 바바파파 동화책을 출간하게 되었습니다.

바바파파 타이틀곡 ♪

우리의 스타, 바바파파
바바파파 가족을 소개할게
바바파파 가족은 변신할 수 있어
몸의 모양과 크기를 아주 쉽게 바꾸지
마술을 보여줘, 바바파파
바바파파, 바바마마, 바바주, 바바벨
바바보, 바바브라이트, 바바리브, 바바브라보, 바바라라
바바파파처럼 되고 싶어

바바파파 가족 소개

바바파파 가족은 모두 아홉 식구예요.
아빠는 분홍색, 엄마는 검정색, 아이들은 노란색, 빨간색, 파란색 등 알록달록 무지개색이에요.
다양한 색만큼 캐릭터 각자의 특징과 개성도 분명하지요.
가족들은 문화재를 찾거나 위험에 빠진 동물을 구하기도 하고,
다른 사람들의 문제를 해결해 주기도 한답니다.
귀엽고 사랑스러운 바바파파 가족을 만나러 가볼까요?

Here we go~!

♥ 바바라라

♥ 바바파파　♥ 바바마마

♥ 바바브라이트

♥ 바바브라보

♥ 바바리브

♥ 바바주

♥ 바바벨

♥ 바바보

바바파파
BARBAPAPA

"착하고 사랑스러운 바바파파"

바바파파는 정원에서 꽃처럼 태어났어요.
몸의 형태를 자유자재로 바꾸는 재능도 타고났지요.
사람들은 친절한 바바파파를 좋아한답니다.

아무리 힘든 상황이라도 대단한 상상력과 쉽게 바꿀 수 있는 몸으로 극복할 수 있어요.
바바파파는 항상 다른 사람을 도와주는 착한 마음으로 살고 있답니다.

바바마마
BARBAMAMA

"바바 아이들의 엄마 바바마마"

바바마마는 바바 아이들의 엄마예요.
가족을 위해 요리하는 것과
집과 정원을 관리하는 것을 좋아해요.

하지만 구조물 설계와 댐 수리도 하며
화산에서 흐르는 용암의 방향까지 돌릴 수 있는
어마어마한 힘도 갖고 있답니다.

바바벨
BARBABELLE

"예쁜 친구 바바벨"

바바벨은 정말 예쁜 친구예요.
액세서리와 드레스, 향수를 좋아하고
화장하는데도 시간을 많이 쓰지요.

바바벨은 작고 털이 난 애벌레나 거미 같은 곤충은 아주 질색해요.
보이면 기절할 정도예요.
바바보는 바바벨의 이런 모습을 아주 조금 싫어해요.

바바라라
BARBALALA

"음악을 좋아하는 바바라라"

바바라라는 음악을 매우 좋아해요.
세상의 모든 악기를 연주할 수 있어요.
동생 바바주처럼 식물학과 생태학에도 관심이 많답니다.

바바라라의 성격은 온화하고 평화로워요.
화도 내지 않고 누구와도 잘 어울리며 사이좋게 지낸답니다.

바바브라이트
BARBABRIGHT

"호기심 많은 괴짜 과학자 바바브라이트"

바바브라이트는 대단한 과학자예요.
화학이건 천체물리학이건 바바브라이트에겐 어렵지 않아요.

이상한 물약, 괴짜 기계 등 바바브라이트가 만든
신기한 발명품들은 간혹 쓸모 있을 때도 있지만
완전히 엉망진창일 때가 더 많다네요.

바바주
BARBAZOO

"자연을 사랑하는 바바주"

바바주는 자연과 동물을 사랑하고 보호해주는
정이 많은 친구예요.

자연과학을 무척 좋아해서
동식물, 기후 그리고 환경오염에 대해 모르는 게 없어요.
그래서 바바주는 바바브라이트가 하는 유전학 실험을 반대해요.

바바브라보
BARBABRAVO

"운동을 좋아하는 바바브라보"

바바브라보는 운동을 굉장히 좋아해요.

힘이 무척 세고 시합하면 꼭 이겨야 하는 친구죠.

맛있는 음식을 먹는 것도 매우 좋아해요.

셜록 홈즈 복장을 하고 탐정 놀이도 즐겨한답니다.

바바브라보는 자신을 너무 많이 사랑하는 경향이 있지만,

사실은 정말 괜찮은 친구예요.

바바리브
BARBALIB

"지적이고 책을 좋아하는 바바리브"

바바리브는 매우 지적인 아이예요.
매일매일 책을 즐겨 읽어서 아는 것도 많답니다.
선생님처럼 가르치는 것도 좋아해요.

아주 약간 까다로운 성격이라 바바브라보와 자주 싸우죠.
서로 리더가 되고 싶어서 부딪히나 봐요.

바바보
BARBABEAU

"멋쟁이 예술가 바바보"

바바보는 온몸이 털투성이인 멋쟁이 예술가예요.
항상 스케치북을 가지고 다니지요.
그림 그리기, 조각하기, 모형제작 등
예술에 대한 것은 모두 알고 있어요.

하지만 영감이 떠오르지 않을 때는 매우 민감해지기도 해요.

바바파파 가족이 사는 곳

개성이 넘치는 바바파파 가족의 방은 어떤 모습일까요?

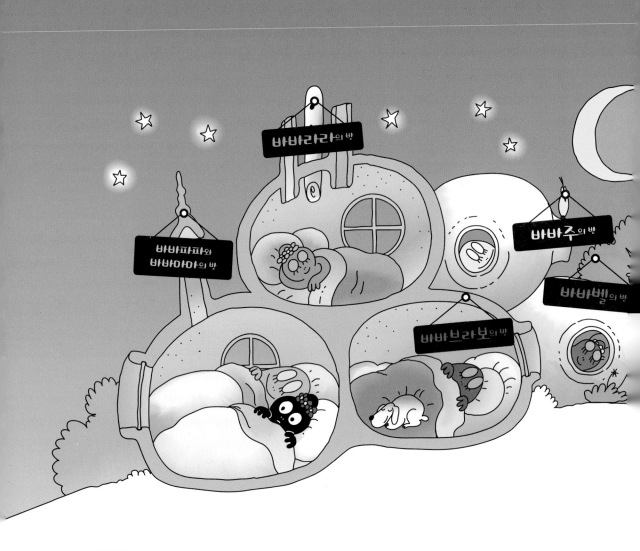

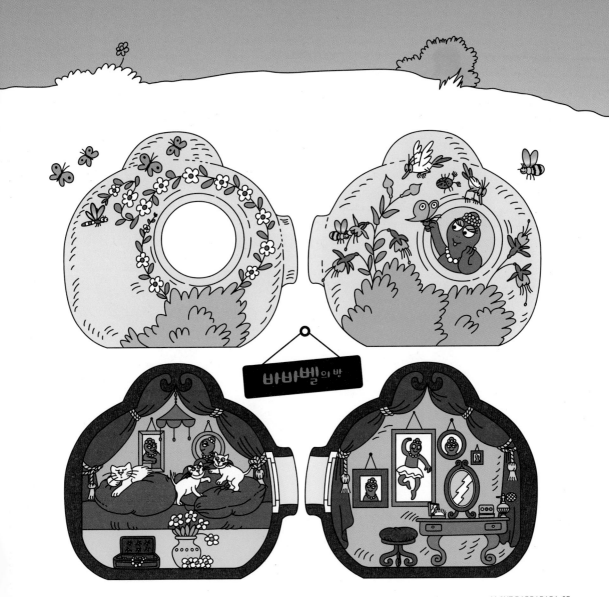

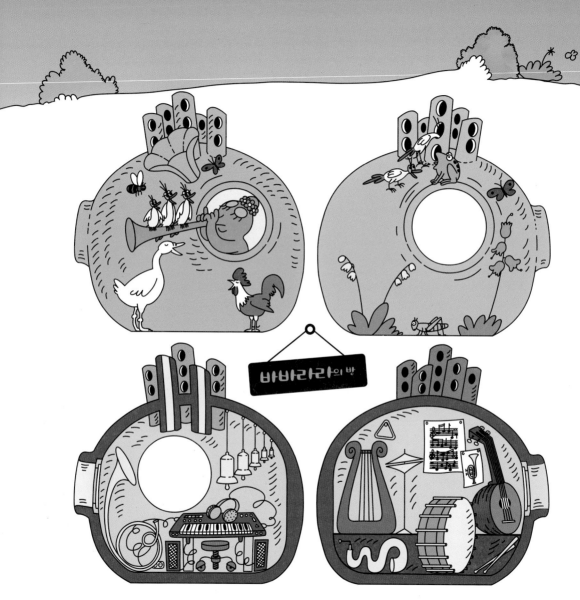

바바라라의 방

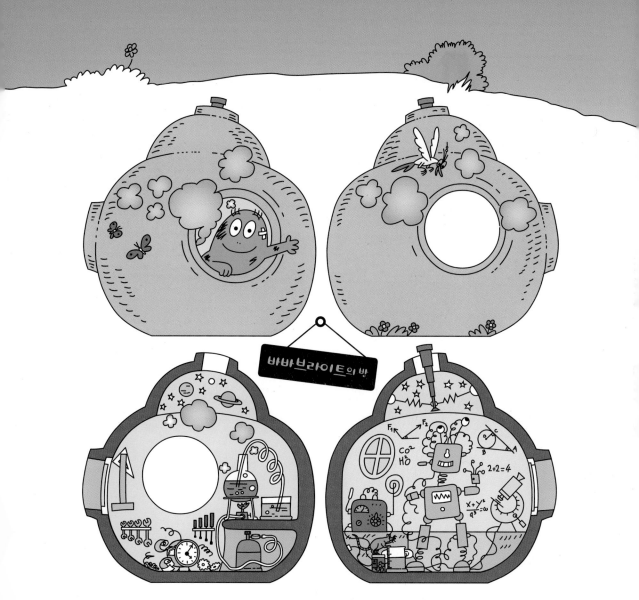

바바브라이트의 방

바바주의 방

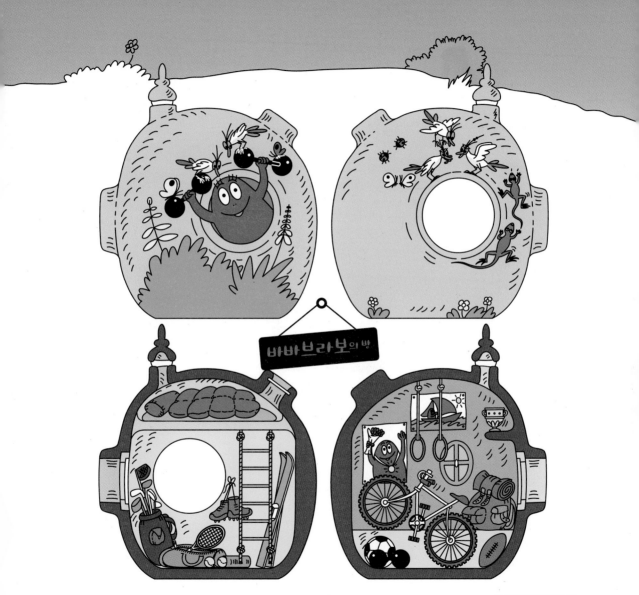

바바브라보의 방

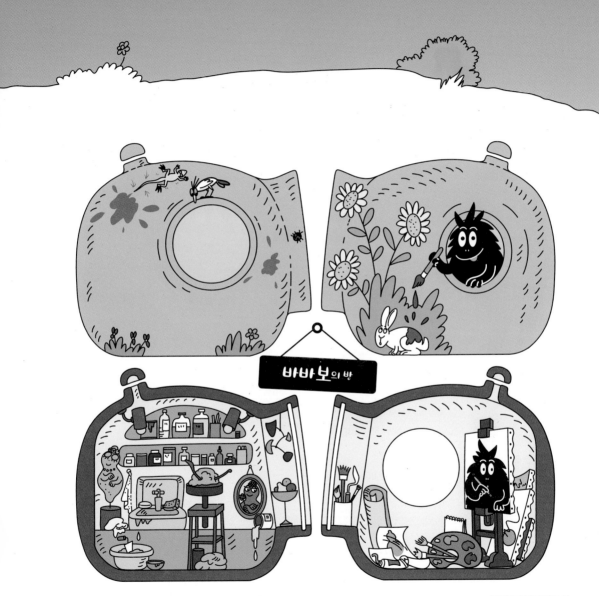

바바보의방

바바트릭

몸의 모양과 크기를 쉽게 바꿀 수 있는 능력으로 늘 즐겁고 힘든 상황도 극복할 수 있어요.

Barbatrick!

Fly

Barbatrick!

Boat

Barbatrick!

Winter

Barbatrick!

Music

Barbatrick!

Barbatrick!

Food

Barbatrick!

Animal

바바파파 스토리

가족의 소중함과 사랑, 자연 보호 등 이들을 바라보는 애정과 따스한 시선이 고스란히 담겨있답니다.

"자장자장 앨리스. 잘도 잔다. 바바마마 무릎에서 자장자장"

"해봐. 바바파파한테 걸어가 봐. 그렇지 잘 했어! 정말 대단해."

"가자, 바바보. 여자들의 노하우로 해결해줄게."

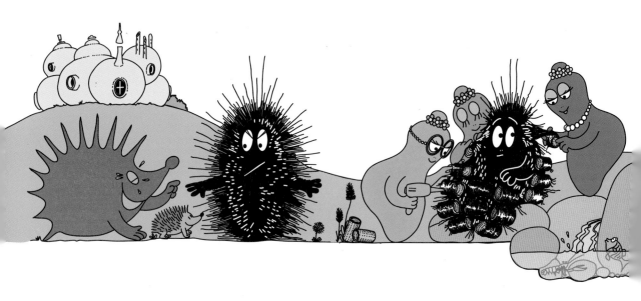

"앗! 날 루이 14세로 만들어놨잖아!"

"바바파파 가족의 콘서트를 듣다니 우리는 운이 좋네."

"이 케이크를 만든 너희가 자랑스럽구나. 정말 훌륭해."

"아이들은 넓은 공간에서 숨바꼭질하고 미끄럼틀을 탈 거예요."

다리를 다쳐 우울한 신디를 위해 오케스트라 연주를 준비한 바바파파 가족

"우리만의 서커스를 만들자. 바바파파 서커스! 만세! 좋은 생각이야!"

"오늘은 좀 어때요? 좋아요, 고마워요."

"선물을 가져왔으니까 우린 썰매를 태워주자."

"크리스마스트리를 만들기 위해 나무를 벨 수는 없어."

"열정이 넘치게! 위대한 예술가의 열정! 천재의 열광적인 몸짓!"

"사랑해요. 바바마마."

"나도 사랑해요. 바바파파. 아주 많이 사랑해요."

"언젠가 내 사랑이 날 찾아올 테니까 난 여기서 기다릴 거야."

"언제나 네 꿈을 너의 좋은 기운으로 가득 채우렴."

Bye Bye

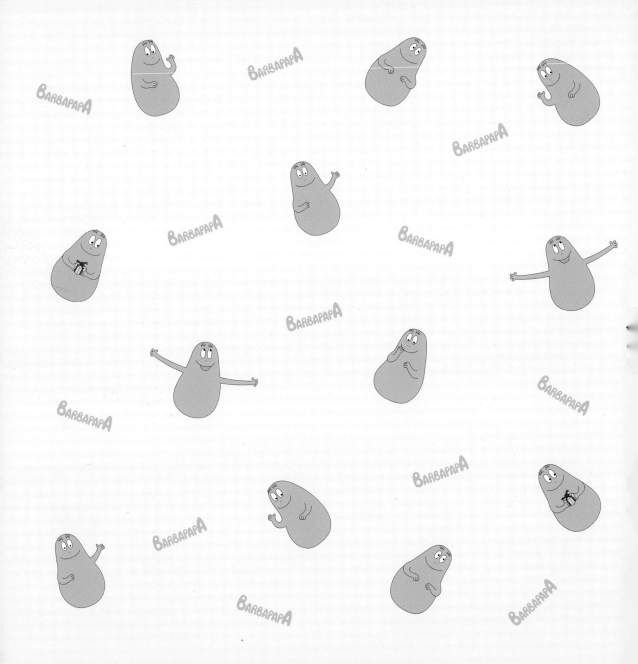